GRAN BOT

PEQUEÑO BOT

EL LIBRO DE LOS ROBOTS OPUESTOS DE MARC ROSENTHAL

GRANDE

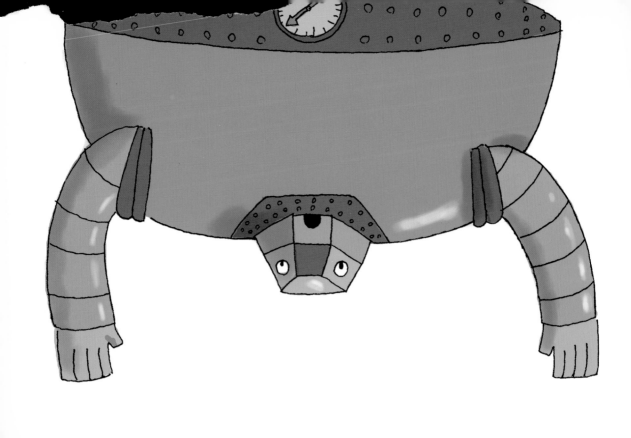

Pequeño

Bajo

Feliz

Triste

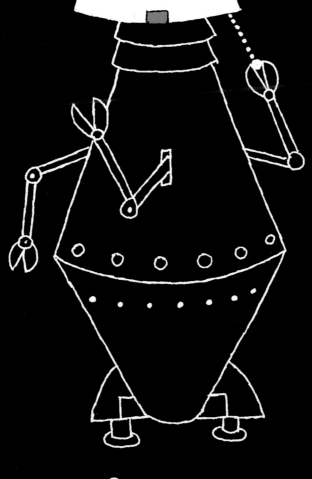

Oscuro

Luminoso

Lleno

Vacío

Dentro

Fuera

Mojado

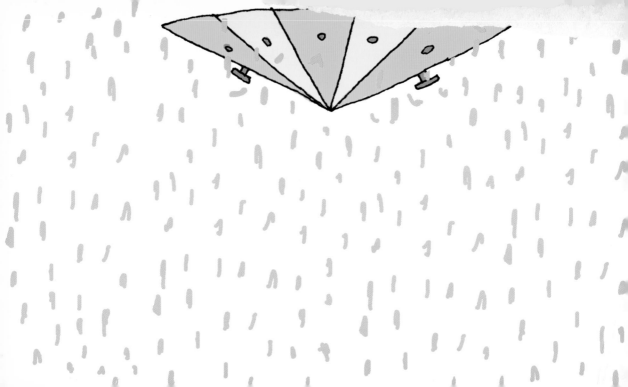

Seco

Delante

Título original: *Big Bot, Small Bot*
© 2015, del texto y de las ilustraciones: Marc Rosenthal
Publicado originalmente por POW!
Publicado por acuerdo con Pippin Properties, Inc. a través de Rights People, Londres

© 2017, de esta edición: Libros del Zorro Rojo
Barcelona – Buenos Aires – Ciudad de México
www.librosdelzorrorojo.com

Dirección editorial: Fernando Diego García
Dirección de arte: Sebastián García Schnetzer
Edición: Estrella Borrego

ISBN: 978-84-946506-0-4   Depósito legal: B-25874-2016

Primera edición: febrero de 2017

Impreso en China por Asia Pacific Offset

MARC ROSENTHAL

Nació en Nueva York. Estudió arquitectura y arte, y trabajó
en un estudio de diseño gráfico, donde conoció a su esposa,
Eileen Rosenthal, coautora de algunos de sus libros infantiles
más populares. Como ilustrador, se caracteriza por su paleta
de colores vibrantes, su humor y su pasión por los piratas
y los robots. Es autor de un gran número de álbumes ilustrados,
aunque también es aclamado en otros géneros, como
el cómic y la tira cómica. Su trabajo aparece regularmente
en *The New York Times* y otras publicaciones periódicas.
Actualmente reside en Berkshire, Massachusetts.